MEINE JULMONDE

Dezembers Freud und Leid
Geschichten und Gedichte

von

Dagmar Neidigk

IMPRESSUM

Bibliografische Information der Deutschen Nationalbibliothek:
Die Deutsche Nationalbibliothek verzeichnet diese Publikation in
der Deutschen Nationalbibliografie; detaillierte bibliografische Da-
ten sind im Internet über http://dnb.d-nb.de abrufbar.

Copyright © 2019

Autorin:
Dagmar Neidigk
dagmar-neidigk@t-online.de

Cover- & Buchsatz:
Stephanie Mattner

Grafiken im Buch & auf dem Cover:
© Gerd Wessel

Herstellung und Verlag:
BoD - Books on Demand, Norderstedt

ISBN: 978-3-7504-0568-4

Die Handlung und alle handelnden Personen sind frei erfunden.
Jegliche Ähnlichkeit mit lebenden oder realen Personen wären rein
zufällig.

1

BÖLSCHE 102

Eine Straße. Eine Nummer.
Was ist dabei:
Bölsche 102?!

Eine Kindheit. Eine Jugend. Eine Liebe.
Sie brach entzwei.
Bölsche 102.

Ein Zaun. Ein Garten. Ein Hahnenkamm.
Frohes Kindergeschrei.
Bölsche 102.

Eine Milchkanne. Mutters Hände.
Kuchen aus der Feinbäckerei.
Bölsche 102.

Ein Glöckchen. Tannenduft. Glück pur.
Von Sorgen noch frei.
Bölsche 102.

Aus und vorbei.
Die schönste Zeit:
Bölsche 102.

2

WINDMÜHLEN

Vergebliche Müh ums Gerechte
Vergebliche Gefechte

Gegen Bürokraten und Despoten
Gegen Ignoranten und Idioten
Gegen Rauchen und Trinken
Gegen Protzen und Stinken
Gegen Armut und Hochmut
Gegen Dummheit und Eitelkeit
Gegen Verschwendung und Verblendung
Gegen Lüge und Mini-Bezüge
Gegen Extrem-Mieten und Exit-Briten
Gegen Antibiotika und Schwiegermama
Gegen schmutzige Socken und lockende Locken
Gegen lärmende PKW und Rutschen bei Schnee
Gegen Rot, Grün, Gelb oder Schwarz
Gegen Sommerspross und Warz
Gegen Säufer und Penner
Gegen arrogante Weihnachtsmänner

Immer wieder Niederlagen
Immer wieder alter Trott

Fühle mich wie Don Quijote!

3

SCHICKSALSGESCHENK

Bei kaum einer Sache waren wir uns zu Beginn unserer Ehe so einig wie beim Thema Schrebergarten und Laubenpieper. Für uns der Inbegriff aller Spießigkeit unter der Sonne: Zumeist dickbäuchige Zeitgenossen quälen sich mit ihren noch dickeren Hintern zwischen winzigen Beeten hindurch. Bücken sich mühsam und höllisch schwitzend nach jedem Kräutlein, das sie für Unkraut halten. Schauen argwöhnisch auf alles, was sich hinterm Gartenzaun bewegt. Sind stets und ständig auf Wacht, um ihr Reich bis aufs Äußerste zu verteidigen: Die Gartenschere tragen sie ohnehin immer am Mann oder an der Frau. Ein ganzes Waffenarsenal wartet überdies auf jeden Eindringling in der Laube: Großmutters Mistforke, Vaters verrostete 08er, Onkel Bernhards Schrotflinte, eine Blendgranate vielleicht, auch eine Würstchenzange kann gute Dienste leisten… Es ist nicht zu spaßen mit den Rittern des eingezäunten Grüns! Doch nähert man sich ihnen mit sicherem Abstand, devoter Haltung und entzückter Anerkennung für allerlei Gemüse und Kräuter, dann wenden sie sich ihren wirklichen Feinden zu: den vermaledeiten Schnecken, nagenden Wühlmäusen und Maulwürfen, Waschbären und Co. Eine ganze Armada von Fressfeinden umzingelt die Laubenpieper – tagein, tagaus und droht sie in ihrem eigentlichen Streben nachhaltig zu beeinträchtigen. Nämlich, die Früchte ihres eifrigen Tuns möglichst eifersüchtigen Nachbarn voller Stolz zu präsentieren…

Nein, von solchem Zeitvertreib wollten wir, „… eines Tages, wenn wir alt sein werden, oh baby!", nicht berichten müssen. Wir wollten uns selbst, die Städte und Landschaften, die Kultur und weltoffene Menschen an wechselnden Orten kennenlernen, unabhängig vom Druck eines Schrebergartens. Niemals wollten wir in Laubenpieper-Zwänge geraten, die uns einst sagen lassen könnten: „Oh, wir können nicht weg, wer soll unseren Garten wässern und die Schnecken verjagen?!"

Oder: „Ach herrje, die vielen Johannisbeeren sind reif, deine Schwester ist doch bestimmt wieder zu faul, die zu pflücken!" Beziehungsweise: „Na, die neugierige Nachbarin wird uns schon erzählen, was wir wieder alles falsch angepflanzt und verkümmern lassen haben." Nein, so einen grünen Klotz ans Bein wollten wir uns nie hängen lassen – wenngleich ein selbstgebrauter Obstschnaps zu Weihnachten schon eine echte Versuchung darstellte. Wir schworen uns, tapfer, standhaft und unverbrüchlich zu bleiben, wie die zu jener Zeit so gepriesene Freundschaft zur großen Sowjetunion.

Doch ein Kleingartenidyll in seinem Lauf hält halt weder Ochs noch Esel auf! Viel Zeit war verflogen, wie der Samen in der Hand des Gärtners. Die unverbrüchliche Freundschaft war Legende ebenso wie die ewige Liebe im Bund der Ehe. Alles war gewandelt, nur der ewige Laubenpieper... unverbrüchlich und unverwüstlich!

Das Schicksal stellte mir alsbald einen anderen Mann zur Seite. Über so grundlegende weltanschauliche Dinge wie die Einstellung zum Kleingarten vergaßen wir uns vor lauter überbordender Liebe auszutauschen. Die junge Liebe bescherte Dopamin ohne Ende! Bald schon, just zum Weihnachtsabend, lernte ich die stolzen Eltern meiner Eroberung kennen. Die neuen Schwiegereltern überreichten mir zu meinem Entzücken weihevoll ein kleines Tütchen, liebevoll mit Schleifchen umbunden. Oh, dachte ich, es wird ernst, der erste kleine Familienschmuck als Familieneintrittskarte. Ziemlich schnell. Ich musste ordentlich Eindruck gemacht haben. „Bitte vorsichtig öffnen!", zwitscherte Schwiegermama in spe. Vielleicht eine winzige Kette... wie rührend, dachte ich. Es rieselte etwas aus der Tüte... – oh Perlen!... Alle halfen, sie aufzusammeln! Die Perlen entpuppten sich schnell als Kürbiskerne einer äußerst seltenen Sorte und meine künftigen Schwiegereltern als Laubenpieper von echtem Schrot und Korn!

4

DEIN KREUZ

Breite sie aus.
Deine Arme.
Da stehst Du.
Sieh Dein Kreuz.

Erkenn es.
Benenn es.
Trag es.
Ertrag es.

Leugne es nicht.
Verrat es nicht.
Bürd es nicht
andern auf.

Lass dir helfen,
es zu tragen.
Hilf dem Nächsten,
ohne viel Fragen.

Geleite es durch Tag
und finsterste Nacht.

5

AUGEN DER NACHT

Schlaflos.
Hohläugig.
Schattenfrei.
Nacht legt
Gedanken bloß.
Seelenlos?
Ringsum Stein.
Der Himmel.
Mein Schrein.
Bin nie allein ...

6

IM NAMEN DES NIKOLAUS

Nikolaustag. Die Familie trifft sich zum Kaffee. Mutter soll nach Vaters Tod nicht allein sein. Liebevoll hat die alte Dame die Kaffeetafel vorweihnachtlich geschmückt. „Ihr setzt Euch mal bitte da hin!", dirigiert Mama ihre beiden Buben, die selbst im zarten Alter von gut 60 Jahren noch auf ihre Mutter hören – meistens, jedenfalls. „Ja, da, wo das eingewickelte kleine Geschenk für euch liegt! Eure Mädels da drüben, wo das Konfekt steht!" Mutter schmunzelt. „Nu mach's mal nicht so spannend, Mutter! Ist doch eigentlich egal, wo wir sitzen…", mault Uwe und will auf seinen angestammten gemütlichen Platz auf die Couch sinken. „Nein, nein, das hat schon seinen Sinn!", besteht Mutter auf der Sitzordnung der Söhne links und rechts zu ihrer Seite – ihre Augen blitzen spitzbübisch hinter den Brillengläsern.

Kaffee wird eingeschenkt. Die Frauen tauschen Neuigkeiten aus, während Kai und Uwe nach den größten Stücken von der Käsetorte äugen. „Meine lieben Jungs!", mahnt Mutter zum Warten, „den Kuchen gibt es erst, wenn ihr eure Nikolaus-Geschenke ausgewickelt habt!" Mutters Wort gilt – noch immer. Aber, was sollen sie schon auswickeln, wahrscheinlich selbstgebackene Lebkuchen, die sie so lieben! Beherzt greift Kai zu. „Ein bisschen vorsichtiger, wenn ich bitten darf!", warnt Mutter. „Was Zerbrechliches? Hoffentlich sind es wieder deine Super-Lebkuchen, oder sind die etwa in diesem Jahr misslungen?", spöttelt Kai.

Uwe ist schneller beim Auspacken und hält das Geschenk verwirrt in der Hand. Ein ungläubiges Lächeln und so etwas wie eine klitzekleine Träne kann er nicht unterdrücken. Das hat die Familie bei dem Hünen selten gesehen: „Wo hast Du den denn gefunden, Mutter?!" Inzwischen hält Kai das Gegenstück – ebenso klein und zierlich – hoch, kaum weniger gerührt als der Bruder. „Die hast Du aufgehoben?! So viele Jahre? Unsere ersten Stiefelchen?!"

In den großen Männer-Händen verschwinden die Schuhe, die der Nikolaus Anfang der 1950er Jahre brachte. Jeder der Männer streicht nun andächtig über ein ca. zehn Zentimeter großes schwarz-graues ledernes Stiefelchen. Die Schwiegertöchter sind entzückt. Mutter ist die Erste, die ihre Sprache wiederfindet. „Ja, eure ersten richtigen festen Schuhe, Stiefelchen eben. Ich wusste gar nicht mehr, dass euer Vater sie aufgehoben hatte. Als ich den Weihnachtsschmuck suchte, da stand in der hintersten Ecke auf dem Hängeboden ein gut verschnürtes Päckchen. Darin lagen sie in altes Zeitungspapier gewickelt. Ich war ganz baff, den kleinen Schatz nach so vielen Jahren gut behütet zu finden! Da hat der Nikolaus persönlich ein Auge draufgehabt!"

„Schön, dass der Nikolaus auf ein Paar der Stiefel aufgepasst hat!", freut sich Kais Frau Iris. „Wessen war das denn, Kais oder Uwes?" Wie auf Kommando antworten Mutter und Söhne: „Das Paar gehörte natürlich uns beiden. Erst hat es Uwe getragen und dann ist Kai reingewachsen!" „Das waren noch schwere Zeiten, wenige Jahre nach dem Krieg!", blickt Mutter zurück. „Ein Paar gefütterte Stiefel für die Kinder – das war was Besonderes! Und es war ganz klar, dass das jüngere Kind die Sachen von dem älteren auftrug." „Also reicht uns auch heute jedem ein Schuh als Erinnerung!", sagt Kai nachdenklich und setzt hinzu: „Mutter, wir haben nie Mangel gespürt. Vater und Du, ihr wart unsere Nikolausstiefel, die uns mit unendlich viel Wärme und Liebe beschützt und behütet habt!"

7

MÄRCHENLIEBE

Wenn die Sonne den Mond anhimmelt
Wenn der Tag in die Nacht verliebt ist
Wenn's in der Hölle vor Engeln wimmelt
Wenn Hans im Glück die Prinzessin auf der Erbse vermisst
Wenn Rotkäppchen den Wolf vor Liebe verspeist
Wenn Rumpelstilzchen für Schneewittchen in den Apfel beißt
Wenn Zwergnase Dornröschen einen Zaubertrank braut
Wenn der Froschkönig von Sternthaler Küsse raubt
Wenn Rapunzel ihr Haar für Hänsel herunterlässt
Wenn Schneeweißchen mit dem gestiefelten Kater geht zum Fest
Wenn das Schneiderlein ein Kleid für Gretel näht
Wenn der Hase mit dem Igel Hochzeit hält
....
Dann träumen die Märchen von der Liebe …

DREIMAL SCHWARZER KATER

„Viecher kommen mir nicht ins Haus, auch nicht zum Fest!" –
diesem Grundsatz folgend bin ich aufgewachsen. Wie herzlos
von meiner doch so herzensguten Mutter fand ich ihn! Doch
Schuld hatte eigentlich meine nicht minder gütige Großmutter! In den Nachkriegsjahren wohnten Mutter und Vater des
Überlebens wegen bei den Großeltern auf dem Land. Meine
Mutter aber war eine Städterin durch und durch. Mit dem
Landleben konnte sie sich nur schwer anfreunden. So penibel
wie vergeblich versuchte sie, auf dem riesigen Bauernhof für
Ordnung und Sauberkeit zu sorgen. Bei Großmutter fand das
ständige Großreinemachen der Schwiegertochter wenig An-
klang. Völlig überflüssig, fand sie – und sie wollte ihre heiß-
geliebten „Hausviecher" um sich haben – fünf Hunde und
unzählige Katzen. Immer, wenn der Boden noch funkelnd
nass glänzte, folgten die Vierbeiner allzu gern Großmutters
Einladung: „So Jungs, nu kommt ma widder nin, de Mäuse
tanzen schon uffn Tische! Paule (den schönen Namen musste
sich Großvater mit dem schwarzen Kater teilen) muss schnell
nach de Mauseschwänze gucken!" Mutter hingegen versuchte mit einer Armada von Mausefallen, das Nagerproblem in
den Griff zu kriegen und Großmutter von der übergroßen Kat-
zenliebe zu heilen. Mutter gab auf: wir zogen nach Berlin.
Ich hielt mich an Mutters ehernen Grundsatz – zumindest,
was Katzen und Hunde betraf. Das Schicksal lachte derweil …
Zunächst in Form eines winzigen Zimmerchens im Leipziger
Zentrum, nahe dem Hauptbahnhof. Eigentlich ein Glücksfall
für meine Studienfreundin und mich: Endlich dem Internat
mit vier Betten in einem halben Zimmer den Rücken kehren.
Das Zimmer hatte ein eigenes Waschbecken, ein riesiges Bett
und – einen eigenen Eingang. Herrenbesuche wurden kaum
bemerkt, oder geduldet. Ein Sechser im Lotto! Dafür mussten
wir der Vermieterin, einer Fleischerwitwe, abends des Öfte-
ren Gesellschaft leisten. Immer mit dabei, gern auf dem Tisch

bei Tische, ein schwarzer Kater namens Purzel, der vor Fett kaum noch allein hoch und runter zu springen vermochte. Purzel genoss das Dasein an der Seite seines Frauchens quasi als schmusende Alternative für den teuren Verstorbenen. Der war, vermuteten wir, bereits zu Tode gefüttert worden. Die Fleischermamsell hatte Prinzipien, das oberste lautete: Purzel darf alles! Vor allem in dem Bett des vermieteten Zimmers schlafen, immerhin sein Lieblingsplatz! Das kriegen wir hin, dachten wir. Aber Purzels Chefin hatte natürlich einen Schlüssel – und nutzte diesen zum Wohle des gefräßigen Untiers. Also lag das fette Vieh viel zu oft in unserem Bett und war nicht rauszukriegen. Selbst die Drohungen unserer Herrenbesuche, ihn am Schwanz zu packen und aus dem Fenster zu schubsen, halfen nichts. Zumeist sahen wir in dieser Stimmungslage ob des reichlichen Genusses von Rosenthaler Kadarka so viele Purzel, dass wir uns lieber vor den Betten in den Schlaf warfen. Es half nichts, wir mussten mit ihm leben, denn die Wurstwarenfachverkäuferin hatte kein Einsehen. Ich verließ Leipzig mit der festen Absicht, niemals wieder einen vierbeinigen Kater zu dulden, schon gar nicht in meinem Bett!

Kismet, ich war machtlos. Ich schwöre es dir, liebe Mutter! Er hat mich auserwählt. Ich konnte nichts dagegen tun. Er hat die schönsten Augen, in die ich je geblickt habe: bernsteinfarben funkelnd unter schwarzen Wimpern. Seine Haare sind üppig und glänzen seidig. Er schmust liebend gern, ist zärtlich und treu. Natürlich darf er in mein Bett, selbstverständlich wird ihm dort Platz gemacht. Alles ist gut, wenn er mir leise ins Ohr haucht: „Miau!" Mein dicker schwarzer Kater.
Ich bin mir ganz sicher, er ist kein Kater. Er ist ein reinkarnierter Prinz, den mir Großmutter aus dem Himmel gesandt hat!

WEHMUT

Mein Feld –
scheint mir noch lange
nicht bestellt.

Da hör ich
der schwarzen
Vögel Ruf:

Was soll
Dir neue Saat?

Was soll
Dir späte Ernte?

Was sollen
Dir mehr Tage?

Keine Saat
Keine Ernte
Keine Sorge

Lass uns
entfliehen
Raum und Zeit!

Warum nur
bin ich
nicht bereit …?

10

DIENSTBARER GEIST

„Durch die Fenster kann man ja wieder nicht mehr gucken!",
schimpfte ich vor mich hin. Eigentlich war mein Maulen für
meinen Mann bestimmt. Irgendwann muss er doch mal selbst
zum Lappen greifen…, denke ich seit vielen Jahren. Die Hoffnung stirbt angeblich zuletzt. Ich hatte jedenfalls die Nase
voll! Wenige Wochen vor dem Fest, da sollten die Fenster
sauber sein, so wie unsere geläuterten Seelen. „Wird ja doch
gleich wieder dreckig!", murmelte mein Liebster. Er hatte es
also doch gehört, wie immer. Sein Totschlagargument machte
mich innerlich rasend, wie immer. Nein, ich werde jetzt nicht
auch noch den Lappen für sieben Fenster zur Hand nehmen!
Ein Fensterputzer muss her, sofort!

Im Kreis der Freundinnen hatten wir öfter unsere Witze gemacht, was für ein tolles Exemplar von Fensterputzer wir uns
wünschen würden. Knackig, männlich, gepflegt, umsichtig,
tüchtig, zuverlässig und nicht zu teuer. So kurz vor Weihnachten sollte man sich Wünsche erfüllen in all dem Stress.
Haha, das frivole Geläster focht mich nicht an, mir ging es
ausschließlich um wirklich reine Fenster. Es war schwerer
als ich gedacht hatte, jemanden so kurzfristig zu einem fai-
ren Preis zu ordern. „Nun ja," meinte eine Freundin, der ich
von meiner Misere berichtete, „ich hatte da mal vor ein paar
Jahren einen, der war wirklich sehr preiswert und hat sogar
kostenlos alle Spiegel mit geputzt! Allerdings, er wird nicht
mehr der Allerjüngste sein." „Das ist mir egal! Hauptsache
er kommt noch rechtzeitig vor Weihnachten!", entschied ich
kurzerhand. Prompt bekam ich eine Rufnummer und einen
Namen.

Das Glück war auf meiner Seite, umgehend hatte ich einen
Anschluss, eine freundliche Stimme nannte mir einen Super-
preis und sagte ein Kommen in schon zwei Tagen zu. Was
für ein Segen, jubilierte ich. Erwartungsfroh bat ich meinen
Mann, die große Leiter aus dem Keller heranzuschaffen. Er
schüttelte unwillig den Kopf, merkte aber schnell, wenigstens

in diesem Punkt gab es kein Entrinnen. Innerlich freute er sich ganz gewiss: Seine Kreise würden also nicht gestört.

Ich stand am Fenster und hielt Ausschau nach dem Wagen des dienstbaren Geistes. Die verabredete Zeit war herangekommen. Aus keinem der vielen Autos stieg jemand, der als Fensterputzer erkennbar gewesen wäre. Nach einiger Zeit bemerkte ich auf der anderen Straßenseite einen alten Herrn mit einem Rolli, aus dem allerlei Textiles herauszuquellen drohte. Ein Obdachloser, der arme Opi! Mitleid stieg auf. Die Szene rührte mich. Allerdings schaute der Opi unverwandt auf unser Haus, er schien etwas zu suchen.

Ich wurde nervös. Doch bald klingelte es und ich schwebte erwartungsfroh zur Türe. Irgendetwas polterte die Treppe hoch. Es dauerte eine Ewigkeit bis ich den erwarteten Gast in der zweiten Etage erblickte. Ich traute meinen Augen nicht: Es war der Opa mit dem Rolli. „Was kann ich für Sie tun?", fragte ich irritiert und überlegte, ihm eine Tüte Kaffee und Lebkuchen mitzugeben. „Nein, nein, junge Frau, ich kann etwas für Sie tun! Ich bin Ihr Fensterputzer, Müller mein Name!", stellte sich der alte Herr artig mit einer formvollendeten Verbeugung vor. Der Name stimmte. Egal, dachte ich, er ist ganz bestimmt wesentlich rüstiger, als er aussieht, sonst würde er den Job nicht machen.

Es dauerte ein ganzes Weilchen bis mein Fensterputzer wieder zu Atem kam: „Die lange Treppe – es geht gleich wieder!", wiegelte er meine Besorgnis ab. Ich eilte, ihm ein Glas Wasser zu bringen und bot ihm einen Platz an. „Ein Tässchen Kaffee wäre mir ehrlich gesagt besonders recht", meinte mein dienstbarer Geist. Gut, dachte ich, danach muss er aber loslegen, sonst wird es zu spät – es dämmert ja bald und Horst kommt demnächst von der Arbeit. Ich trank in aller Gemütlichkeit Kaffee mit Herrn Müller, der mich mit allerlei Anekdötchen aus seinem Leben aufs Amüsanteste unterhielt.

Nach geraumer Zeit erinnerte er mich an den Grund seines Besuches – mit der Bemerkung: "Ihre Fenster sind aber sehr hoch!" „Stimmt!", antwortete ich, „Altbau, eben, das hatte ich nicht verschwiegen!" „Hm. Kann ich mich gar nicht erinnern! Na, dann wollen wir mal…", zeigte sich Herr Müller nun voller Tatendrang. Er erhob sich langsam und qualvoll, zerrte aus seinem Rolli uralte vergilbte Laken und bedeutete mir äußerst höflich, dass ich ihm doch bitte helfen möge, die Schlafzimmerbetten zu verhüllen, damit sie nicht nass werden. Ich verbarg mein Entsetzen und überzeugte ihn, dass die paar Wasserspritzer meinen Betten nichts ausmachen würden. Er zeigte mir dann, wo und wie er die Leiter platziert wissen möchte und wankte zum ersten Tritt. Mir wurde Himmel Angst. Das Gedankenkarussell drehte sich: Der gebrechliche kleine Kerl schafft es doch niemals bis zum obersten Tritt, oder er fällt mir runter, bricht sich was, Tatütata, Oberschenkelhalsbruch, Weihnachten im Krankenhaus. Das konnte ich ihm nicht antun. Niemals!

„Lassen Sie mal Herr Müller, setzen Sie sich wieder hin, ich mach mal die Oberlichter, die sind doch zu hoch für Sie!" Er schien erleichtert: „Wenn Sie meinen! Ich löse Sie dann gleich ab!" Mit den wundersamen Moritaten von Herrn Müller im Ohr ging mir die ungeliebte Putzarbeit viel leichter als gewohnt von der Hand. Nach knapp zwei Stunden war ich fertig und Herr Müller machte selig grunzend ein Nickerchen im Sessel. Ich weckte ihn vorsichtig, gab ihm das vereinbarte Geld, trug seinen Rolli die Treppen hinunter und verabschiedete mich mit den besten Wünschen fürs Weihnachtsfest! „Immer wieder gern!", verabschiedete er sich seinerseits fröhlich winkend. Kurz darauf schloss mein Mann die Tür auf. „Na mein Mädel, glänzt ja alles. Scheint prima geklappt zu haben mit dem Fensterputzer. Ist ja heute was los im Haus! Mir ist so ein komischer Alter entgegen gekommen, sah aus wie obdachlos. Ich habe ihm 20 Euro in die Hand gedrückt. Hat er bei dir etwa auch schon gebettelt?"

„Nö", antworte ich, „alles in Ordnung. Der Fensterputzer hat bloß vergessen, die Spiegel zu putzen."

11

PUPPENTHEATER

Niemand darf es erfahren. Das hatten die drei Mädels sich geschworen! Doris flog die Treppenstufen geradezu hinauf. Auf ihr leises Klopfen hin öffnete Paula die Wohnungstür. Sie hielt die Tür nur einen Spalt weit offen und zog Doris schnell bis in die gute Stube. Mit hochroten Wangen wartete dort bereits Paulas jüngere Schwester Clara. Verschwörerisch hielt sie den Finger an die Lippen: „Pst!" Der große Moment war also gekommen. „Wann kommt denn eure Mutti?!", versuchte sich die ängstliche Doris zu vergewissern und schob hektisch den widerspenstigen Pony zurecht. Die besonnene Paula beruhigte: „Ach, die geht noch mit Tante Christel bummeln." Claras dunkler Pferdeschwanz wippte eine nickende Bestätigung. „Nun mach schon!", drängelte sie ihre Schwester. „Aber eine von uns muss aufpassen – hinter der Wohnungstür, für alle Fälle!", schlug Paula vor. „Ja, ja, erst mal gucken, was es ist!", quengelte Clara. Endlich öffnete Paula ihre linke Hand. Darin lag ein kleiner Schlüssel. Die Drei hockten wie verzaubert vor den Geheimnissen, die die verschlossene Tür des Wohnzimmerschrankes zu verbergen versprach. „War ganz einfach!", gab Clara ein wenig an: „Auf einmal fehlte der Schlüssel vom Fach mit den Tischdecken! Als wir für Muttis Weihnachtsgeschenk Stickgarn suchten, blitzte was im Nähkästchen. Wir sind ja nicht doof! Los jetzt Paula, schließ auf!" Es dämmerte. Auf der Bölschestraße gingen die Laternen an. Ihr Licht fiel in das dunkle Zimmer. „Vorsicht, Vorsicht!", zischte Doris. „Wir müssen uns merken, wie es eingewickelt ist!" Da nahm Clara schon ganz behutsam die erste Tischdecke auseinander und Paula griff nach der zweiten verdächtig gewölbten. Was die Mädchen sahen, war fast zu schön, um wahr zu sein: zwei wunderschöne Puppen. Drei glänzende Augenpaare bestaunten die Schönheiten: Eine Schwarzhaarige mit rosa Wangen und eine Blonde mit langen Zöpfen. „Paula, das sind doch die Puppen, die wir uns so sehr gewünscht haben! Mutti hat immer gesagt, die sind viel viel zu teuer!" Clara streichelte selig über das seidige Puppenhaar. Paula war vor lauter Aufregung kurz zur Wohnungstür gestolpert, weil sie meinte, Geräusche gehört zu haben. Doris hielt derweil das Blondzöpfchen im Arm und wischte heimlich eine Träne weg. „Du musst doch nicht traurig sein! Wir können dann immer gemeinsam mit den beiden spielen! Sind doch nur noch acht Tage bis Weihnachten!", tröstete Paula die Freundin. „Die Puppen sehen ja aus, wie richtige kleine Mädchen!", schwärmte Doris. „Die heißen alle Käthe! Komisch, wa?", meinte Clara. „Quatsch, die heißen Käthe Kruse Puppen!", belehrte Paula die beiden.

Am Weihnachtsabend warteten Paula und Clara gespannt auf die Bescherung. Endlich, endlich würden sie mit ihren Puppen ohne Angst vor Entdeckung spielen können. Mutter verteilte die Geschenke unter dem stattlichen Christbaum. In kleinen Schachteln, zu kleinen Schachteln... Als ihre Mädchen die Gaben öffneten, saß Mutter im riesigen Ohrensessel. Dicke Strümpfe, Schals, Mützen und Bücher – Clara schielte zu Paula, die sich artig bei Mutter bedankte – und ihre Enttäuschung so gut es ging verbarg. Dann nahm sie ihre verdutzte Schwester bei der Hand und ging mit ihr in den Flur, um das Geschenk für Mutter zu holen. „Auweia Paula, wo sind denn bloß die Puppen? Mutti hat die doch nicht etwa vergessen? Los, wir fragen sie jetzt!" Paula entgegnete verzweifelt: „Bloß nicht! Dann merkt sie doch, dass wir geschnökert haben. Vielleicht waren die gar nicht für uns hier versteckt, sondern für andere Kinder… vielleicht sogar für Doris?" Clara guckte ungläubig und zutiefst erschüttert!

Als beide Mädchen Mutter das selbstgestickte Deckchen überreichten, platzte es aus der temperamentvollen Clara heraus: „Mutti, sag mal, vergisst der Weihnachtsmann auch mal ein Geschenk?!" Mutter zuckte die Schultern und meinte, es werde Zeit für den Kartoffelsalat und die Würstchen. Schon erhob sie sich aus dem Sessel und spazierte seelenruhig in die Küche. Paula und Clara blickten ihr traurig nach – und trauten ihren Augen nicht: Da saßen sie nebeneinander im Ohrensessel – ihre Käthe-Kruse-Puppen.

12

UNSER TÄGLICH BROT

UNSER
Wir sind satt – vom Überfluss träge und matt.
Und Ihr, Ihr hinter der Wohlstandstür?

TÄGLICH
Wir entsorgen Brot wie Müll – für Demut kein Gefühl.
Und Ihr, Ihr hinter der Wohlstandstür?

BROT
Wir kennen nicht Hunger noch Not – verspotten selbst den Tod.
Und Ihr, Ihr hinter der Wohlstandstür?

UNSER TÄGLICH BROT
Wir senden aus dem Paradies Bombengrüße und Todesküsse.
Und Ihr, Ihr hinter der Wohlstandstür?

VATER UNSER – wer vergibt uns unsre Sünden?

13

REISE INS LEBEN

Puh, ist das heiß und staubig! Festen Schritts setzt das kleine Mädchen einen Fuß vor den anderen. Immer wieder muss sie stehen bleiben, ihren Koffer zurechtrucken. Er ist schwer und hinderlich. Dabei gibt es überall etwas zu entdecken: Grashüpfer, roten Klee, einen Storch, der ihr mit den Flügeln zuwinkt. Sie ist kaum größer als die sich im Wind wiegenden Halme am Wegesrand. Alles ist so vertraut und doch ganz anders: Ein Koffer, den sie hinter sich herzerrt. Ein endloser Weg über Äcker und Wiesen. Übern Hau, wie die Leute hier sagen. Und sie hat es sehr eilig. Doch der Koffer muss mit. Der Umweg muss sein!

Sie hat lange überlegt, was sie mitnehmen soll. Diese Frage wird sie ein Leben lang begleiten. Aber davon ahnt sie noch nichts mit ihren knapp fünf Jahren. Auf jeden Fall muss ihr bester Freund sie bei diesem Abenteuer begleiten. Der Puppenjunge Thilo, den der Weihnachtsmann gebracht hatte. Thilo wird staunen, wenn er Vati hinter seinem großen Schreibtisch in der riesig großen Stadt sieht… Vati hat erzählt, dass da immer ein Zug fährt, nicht nur einmal früh und abends wie hier.

Der Plüschtiger Simba sollte eigentlich auch mit. Als Beschützer für sie und Thilo. Der Koffer erwies sich als viel zu klein. Da mussten ja noch Jacken für sie und Thilo Platz finden. Söckchen und Wechselschuhe. An eine Zahnbürste hatte sie gedacht, an Taschentücher und sogar an Klopapier. Das Dumme ist nur, dass der Koffer laufend aufgeht. Sie ist gerade über einen großen Feldstein gestolpert. Wieder muss sie alles zusammensuchen. Wenn das so weitergeht, wird sie den Zug verpassen. Den Bummelzug, mit dem es beginnen soll, ihr größtes Abenteuer! Dann wird sie wie Vati in Dessau in einen viel schnelleren Zug steigen – nach Berlin. Das Geld für die Fahrkarte hat sie seit Weihnachten zusammengespart. Nun noch schnell ein kurzer Blick zurück: Opas Kirschbäume von der riesigen Obstplantage scheinen noch immer ganz nah. Sie ist doch aber schon ewig gelaufen – diesen Umweg über den Hau.

Niemand darf die Ausreißerin sehen. Deshalb stolpert sie weiter in Richtung Bahnhof über die Felder ihrer weitläufigen Verwandtschaft. Die einzige Straße, die zum Bahnhof führt, darf sie nicht gehen. Man würde sie entdecken. So allein. Mit Puppenkoffer und Thilo. Überall hinter den Fenstern lauert die Gefahr mit dicken Brillengläsern auf der Nase. Niemand würde sie allein zum geliebten Vati fahren lassen, der nur selten am Wochenende nach Hause kommen kann. Das Pfeifen der Dampflok schreckt sie auf aus ihren Gedanken.

„Habt ihr Kati gesehen?", fragt derweil die besorgte Mutti im ganzen Dorf herum. Alle begeben sich auf die Suche. Nur Oma will schnell noch hinterm Haus nach den unruhigen Pferden schauen. Da liegt vor ihr eine kleine Puppensocke. Nanu? Ein Stückchen weiter findet sie ein Taschentuch. Katis Taschentuch. Weiter hinten auf dem Feld wartet eine Haarschleife. Oma folgt der Spur des Puppenkoffers. Bald findet sie das kleine Mädchen weinend im Gras mit ihrem Thilo im Arm. In der Ferne hört man den Zug in Richtung Dessau schnaufen. „Ich will doch nur endlich zu meinem Vati!", jammert Kati. Oma tröstet: „Meine Kleine, dein Vati und Berlin warten – ganz bestimmt. Es fahren noch viele Züge auf deiner Reise durchs Leben!"

14

SCHWESTER

Unendlich fern –
vom anderen Stern.

Früh folgtest du
deiner Lebensmelodie.

Mit Leidenschaft,
voller Lebenskraft.

Gern spieltest du
die erste Geige.

Ob Moll, ob Dur,
Leben pur, ohne Kompromiss.

Dein Lied zu früh verklungen.
Der Seele Saiten gesprungen.

Zu spät fand ich
dein Notenblatt.

Nah wie nie
leuchtet dein Stern …

15

ERBE DES SONNENMETALLS

„Atahualpa! Wo steckst Du?!" Nun aber schnell! Der Junge mit der von der Sonne gegerbten Haut und dem rabenschwarzen Schopf zurrte sein geliebtes Lama am Zaun fest. „Da bist Du ja!", freute sich die ganze Sippe. „Heute ist ein besonderer Tag, Dein Geburtstag! Schau unserer ehrwürdigen Großmutters Geschenk an!", rief der Vater ihm zu. Atahualpa hatte noch nie in so feierliche Gesichter geblickt…

Seine geliebte Großmutter Maria erhob nun das Wort: „Atahualpa, Du trägst einen ganz besonderen Namen!" „Aber ja, Großmutter, das weiß ich doch!", fiel der fröhliche Junge ihr ins Wort. Insgeheim hätte er doch so viel lieber Namen, wie die seiner Freunde getragen: Miguel oder Pedro. „Still, still!", mahnte ihn Mutter zur Ehrerbietung. „Nun ist es an der Zeit, dass Du Dich des Namens würdig erweist!", fuhr Maria fort. „Bewahre Du einen Schatz Deines Volkes! Über Jahrhunderte haben wir ihn gehütet! Wir haben ihn vor den habgierigen Spaniern versteckt, wieder und wieder." Feierlich wickelte Großmutter den Schatz aus: eine goldene Figur. Sie hatte Platz auf Großmutters Handfläche. „Wie schön, mein Lama aus Gold!", rief Atahualpa begeistert. Das Funkeln des Goldes spiegelte sich in seinen dunklen Augen. Vorsichtig, mit zitternder Hand übergab Großmutter dem Jungen die Statuette. In Atahualpas Händen glänzte das Gold der Inka.

„Es ist mehr als fünf Mal einhundert Jahre her", fuhr Maria fort, „dass unser letzter Inka-König Atahualpa vom spanischen Konquistador Pizarro gefangen genommen wurde. Man drohte ihm, die Schmach des Scheiterhaufens anzutun. Nur, weil er ihren Gott nicht anbeten wollte. Unsere Urahnen trugen von den tiefsten Ebenen und den höchsten Bergen all ihr Gold und Silber in die Stadt Cajamarca. Tagelang waren sie unterwegs, um das Lösegeld für den Inka-Herrscher aufzubringen. Die spanischen Besetzer waren geblendet vom Reichtum, der das riesige Gewölbe füllte, in dem unser König schmachtete. Atahualpa hatte versprochen, dass der Raum bis unter seine ausgestreckten Arme gefüllt würde – mit dem Schatz des Sonnengottes. Gold gegen sein Leben! Die Inka waren bereit, all ihre Schätze zu opfern, um Atahualpa zu retten. Wie viel mehr wog ihnen das Leben Ihres Herrschers! Doch die Spanier – voller Habgier – brachen ihr Versprechen und richteten Atahualpa hin. 34 Tage lang loderten die Feuer, die unsere Inka-Kultur zu Goldbarren einschmolzen – für die spanischen Könige und den Papst. Was für ein Unglück! Sie ließen unserem Volk nichts, nahmen uns unsere Kultur, unser Ich, unsere Würde!" In Großmutters Augen glitzerten Tränen. „Das Schlimmste aber", so Maria, „die Eroberer entweihten auf barbarische Weise unsere teuren Toten! Sie beraubten selbst die Mumien unserer Vorfahren ihrer wertvollen Beigaben. Sie schlitzten die Bäuche der Toten auf. Alles, was gülden glänzte, raubten sie und schmolzen es ein. Für das Gold töteten und vernichteten sie blindwütig! Alles im Namen ihres Gottes! Dein mutiger Urururahn hat diese Goldstatuette hier vor den mordlüsternen Räubern versteckt. Seine Söhne und Sohnessöhne taten es ihm gleich. So bewahrten wir ein Stück unserer Inka-Kultur und unseren Stolz. Das Versteck wird nie verraten!" Atahualpa nahm den Schatz behutsam an sich. Von nun an wollte er ihn an seinem Herzen tragen.

Als Atahualpa sein geliebtes Lama am Abend vom Zaun losband, versteckte er dessen güldenes Abbild nicht im weichen Fell des Tieres, wie es wohl seine Vorfahren immer getan hatten. Er trug die Statuette am Halsband. Jeder sollte sie sehen, niemand sollte es mehr wagen, sie zu entweihen!

Sie erstrahlte im Glanz des hellsten Sterns am Firmament.

16

FLUCHT

Mir sind
… zerbrochen
sieben Spiegel,
… verloren
sieben Flügel,
… gewachsen
sieben Häute,

Ich war
… Glücksrittern
leichte Beute.

Blieb
… auf halber
Strecke liegen.

Auf der Flucht
vor mir selbst,
Götter –
verschont mich
mit Siegen…!

17

JAN JEDERMANN

Aus dem warmen Bett in die gut geheizte Bahn. Früher Winter. Es ist empfindlich kalt geworden. Die Scheiben sind beschlagen. Die Bäume haben sich von ihren Blättern verabschiedet. Gedankenversunkene Blicke nach draußen ins graue Häusereinerlei. Was war das? Da hat wohl einer eine Decke und Lumpen entsorgt auf dem bisschen Grün unweit der vielbefahrenen Kreuzung, unter dem einzigen schmalbrüstigen Bäumchen weit und breit. Könnte ja mal weggeräumt werden. Die Bahn biegt ab. Blick zurück. Aber, da scheint doch jemand zu liegen, unter dem Trödel… Bei der Kälte? Unmöglich! Bestimmt doch nur ein Kleiderhaufen, morgen ist er weg.

Nächster Morgen, es ist noch kälter geworden. Gleiche Route. Was war das wohl gestern? Da liegt noch immer etwas. Ein Jemand, ich bin mir jetzt sicher. Zum ersten Mal in meinem Leben – der Anblick eines Obdachlosen im Osten der Stadt – Anfang Dezember 1991. Um Himmels willen, da muss man doch was tun. Da muss man doch helfen. Täglich fahren Hunderte an dem Elend vorbei… An einem Jemand, an einem Namenlosen… Das blanke Entsetzen packt mich. Ich muss mich beruhigen: Ein Fremder, wahrscheinlich selbst schuld… morgen ist er weg, da hilft schon einer… Das Gedankenkarussell dreht sich: Könnte sogar Jan sein, kommt es mir in den Sinn. Ewig nichts gehört von ihm. Ob er etwa wieder so viel säuft? Hat keine Arbeit mehr. Meldet sich ja nie. Könnte er sein, der da campiert. Um Himmels willen…

Jans Mutter war 16, als er geboren wurde, überfordert. Er entwickelte sich viel schwieriger als erwartet, Schulprobleme… immer wieder musste Oma ran. Oma, die Liebe, die viel zu Gütige. Er wollte nicht mehr zu seiner Mutter und dem neuen Vater, auch wenn es dort jetzt richtig schön werden sollte. Neues Glück, neues Leben, neuer Bruder. Für ihn nicht. Jan wurde zum geborenen Prügelknaben. Bald ein Grund zum Saufen. Rausschmiss aus der elterlichen Wohnung – erst recht ein Grund zum Saufen. Auf Montage, kleiner Bruch, Knast… viele Gründe zum Saufen. Warum hilft denn bloß keiner…? Die Oma zu alt, zu krank, zu lieb… Das Tafelsilber hatte sie schon lange für den Jungen verkauft. Dann der Glanz der neuen Welt. Niemand wollte ihn mit ihm teilen. Keine Arbeit, kein Geld – Grund zum Saufen… Sorgen wegsaufen. Entzug … kurze neue Hoffnung… alte Kumpels… altes Saufen…

Ich muss Jan finden! Wenn der Obdachlose morgen früh noch daliegt…, steige ich aus und biete ihm Hilfe an, kümmere mich.

Viel zu schnell eilt die Bahn davon.

18

AUGENBLICK

Im Wimpernschlag der Zeit
schicke ich meine Ängste vor Anker
– in der Hoffnung Hafen.

Im Wimpernschlag der Zeit
gebiete ich meinem Streben Einhalt
– im Strudel des Wandels.

Im Wimpernschlag der Zeit
suche ich Balsam für meine Narben
– in der Liebe Asyl.

Im Wimpernschlag der Zeit
ändere ich meines Schicksals Kurs
– auf der Spur der Sterne.

Der Unendlichkeit gilt mein Gruß.
Sie wartet, wohl nicht weit.
Verlier Fuß für Fuß die Lebensspur.
Mein Leben – ein Wimpernschlag nur…

19

ÜBERRASCHUNG

Aus. Schluss. Punktum. Luci hat die Nase voll, gründlich voll! Voll von Paul, dem Schlawiner. Zehn Jahre lang hat sie an seiner Seite ausgeharrt. Jenseits der 60 hatte es sie zusammengeschmiedet, das Schicksal. Zehn lange Jahre hat sie seine Sachen gewaschen, sein Essen bereitet, seine Unordnung geduldet, seine Launen ertragen, seine Sturheit toleriert, über seine Schmuddelwitze müde gelächelt. Zehn Jahre hat sie ertragen, dass er es ignorierte, wenn er zwei unterschiedliche Socken trug, wenn seine Hemdkragen durchgeschabt waren, wenn er die Unterhosen falsch herum am Leibe trug, wenn er sie in fleckigem Sakko zum Spaziergang abholte. Sie hatte nicht aufgemuckt, wenn er jungen Mädchen nachschaute und – sich lächerlich machte. Zehn Jahre lang hat sie kein Wort darüber verloren, dass er ihrer gepflegten Erscheinung keinerlei Bedeutung beimaß, dass er das modische Tuch an ihrer immer noch attraktiven Figur übersah, dass ihn die stets gut geföhnte Frisur in lockiger Fülle kalt ließ, dass ihre Liebe und Fürsorge mit wortkargem Gebrabbel abgetan wurden.

Genug. Gestern hat sie es ihm gesagt, ein wenig zaghaft zwar, ja vielleicht auch ein bisschen kleinlaut. Sie will ihn nicht mehr sehen – soll er doch in seinem Saustall hausen. Einige Jahre werden ihr schon noch bleiben. Für ihn macht sie sich nicht mehr schick! Weiß Gott nicht! Soll er doch allein seine Brille suchen. Soll er doch die Tabs für sein Gebiss weiterhin mit Magnesiumtabletten verwechseln. Ihr doch egal. Soll er doch versauern an seinem Lebensabend. Die Miezen, denen er nachschaut, werden ihm bestimmt nicht den Nachttopf halten. Jetzt wird es noch einmal richtig schön – ohne Chaos-Paul.

Luci zieht ihre türkisfarbene Bluse an, geht in das nette Café, in das er nie wollte: Zu fein! Mit ihren frisch frisierten Locken und dem neuen Blazer ist sie ganz Dame von Welt. Niemand stolpert unwillig neben ihr her. Niemand vergisst ihr die Tür aufzuhalten! Niemand! Diesen Tag wird sie genießen – ebenso wie die neidvollen Blicke ihrer Leidenskameradinnen an der Seite der anderen alten Griesgrame. Ihren ist sie los! Was sind schon 72 Jahre, wenn die Welt offen steht für gepflegte Konversation und kultivierten Umgang!

Doch schade, ein wenig um sie kämpfen, hätte er ja schon können, der Paul. Sturkopf bleibt Sturkopf! Das Weihnachtsfest wird sie nun eben allein verbringen.
Im Café angekommen geht Luci auf den kleinen Tisch in der schummrigen Ecke zu, ihren Stammtisch. Jetzt startet sie in ein neues Leben!

„Luci, Du siehst zauberhaft aus!" – „Paul, ich glaub es nicht, Du hier?!"
„Du hattest gestern so ein sorgenvolles Gesicht. Da wollte ich Dir eine Freude machen und mit dir feiern!", antwortete Paul und setzte ein wenig verlegen hinzu „…und mein Hörgerät habe ich heute auch dabei!"

20

LEBENSKOFFER

Wo sind sie geblieben?
Deine Träume –
alles Schäume?

Wo, all die Schätze, mit
Liebe und Nähe gefüllt?

Wo, die Neugier, die
aus allen Poren quillt?

Dein Koffer,
er hat sich geöffnet,
ganz sacht.
Stück für Stück
auf der Lebensjagd.

Geholpert, gestolpert,
gestrandet, gelandet.

Von nahem besehen,
eher passabel als schön.

Wird es nun leise, fragst du
fast am Ziel der Reise:

„Ging denn alles verloren?
Schicksalsverschworen?"

Doch, was du vermisst,
hast du dir selbst geraubt!

Dein Koffer,
ziemlich eingestaubt,
hat auf dein Herz vertraut:
Er hat es bewahrt:
dein Kindergesicht.

Es lacht Dich an!
Glaub fest daran!

21

KARNEVAL DER WEIHNACHTSBÄUME

„Jetzt dreht der völlig durch!", entgeistert schaute ich meinen Kollegen an. Oskar zuckte nur mit den Schultern und grinste. Vor wenigen Minuten saßen wir noch vor unserem Chef. Architekt, Künstler, Marketing-As, Rheinländer. Devise: Auffallen um jeden Preis. Seine Mitarbeiter hatten sich daran gewöhnt, dass der Gute mit seinen blondgesträhnten Haaren gern auffiel, mehr noch: Aus dem Rahmen fiel. Kaum einer von uns rieb sich noch verwundert die Augen, wenn der Chef in himmelblauem Samtanzug und kanariengelbem Hemd bieder gewandete Gäste schockte. Auch die rosafarbenen hautengen Hosen mit Jackett, auf dem Zeitungsschlagzeilen prangten, gehörten zu Chefs Lieblings-Outfits. Das waren Zeiten, Anfang der 1990iger Jahre! Vor nicht allzu langer Zeit trugen die Vorgesetzten hier noch Präsent 20 Anzüge, grauenvolle Schlipse und schütteres Haar, Sachsen-Anhaltiner.

„Was machen wir mit unseren Bäumen nach dem Fest?", hatte Dr. Janng uns soeben gefragt, bevor er uns in die wohlverdienten freien Weihnachtstage verabschieden sollte. Ich hatte etwas entgeistert geschaut – und dann schnell zu meinem Kollegen Oskar geblinzelt. Auf den war Verlass. Er rasselte die Abfolge des durchorganisierten Abbaus und Abtransportes riesiger Weihnachtsbäume, die Plätze im Plattenbau-Viertel illuminiert hatten, runter. Zu guter Letzt würden sie ein toller Schmaus für Elefant und Co. im Tierpark. "Dann werden diese herrlichen Bäume einfach so weggeworfen?", Dr. Janngs Stimme tönte bedrohlich spitz. Betretenes Schweigen unsererseits. Was erwartet er wohl? Der Einwand: „Immerhin Elefant und Co…", zog nicht. Denn, für die bliebe mehr als genug. Etwas Geistreiches war gefragt, nur was?

„Na – wir machen eine Kunstaktion! Kunst am Weihnachtsbaum, nach dem Fest, versteht sich!", half Dr. Janngs uns auf die Sprünge. Oskar verzog keine Miene. Schlimmer noch, ich hörte meinen Lieblings-Kollegen sagen: „Toll! So etwas Außergewöhnliches ist das Spezialgebiet von Doris!" „Dieser Volltrottel!", dachte ich entsetzt und funkelte Oskar bitterböse an! „Na fein, Sie machen das schon, Sie beide! Wettbewerbsausschreibung ‚Kunst am Weihnachtsbaum'. Bundesweit, versteht sich! Presse! Fernsehen! Großer Auftritt! Pipapo! Wir brauchen Aufmerksamkeit für das Quartier! Wir müssen den Wandel erlebbar machen!" Der himmelblaue Samtstrampler schwebte von dannen.

„Du Riesenrindvieh!", ich kriegte mich kaum ein. Oskar gab sich cool: „Dem ist doch nichts auszureden! Da macht eh keiner mit! Das ist doch eine Idee aus dem Tollhaus!", wiegelte er ab. „Ja, du Klugscheißer, dann sind aber wir schuld! Da können wir ja gleich als arbeitslose Weihnachtsmänner rumlaufen!" Ich war unendlich sauer und hilflos! „Denk doch einfach, wir organisieren einen Karneval, einen für Weihnachtsbäume!", ließ Oskar sich nicht aus der Ruhe bringen.

Wenige Wochen später – tatsächlich zu Beginn der Faschingszeit - rieben sich Anwohner und Passanten die Augen. Und: Kameras klickten! Da standen sie: Weihnachts-Schönheiten von gestern als skurrile hölzerne Kunst-Gestalten: Sie kamen als „Baum-Puzzle", als Vogelkastenbaum und gar als hölzerne „Freiheitsstatue" daher. Der absolute Publikumsliebling jedoch war eine Art Windmobil, das sich dank unzähliger kleiner Windmühlen am fast kahlen Stamm eines ehemaligen Weihnachtsbaumes immer mit dem Wind drehte.
Der Baum trug den vielsagenden Titel „Wendehals-Baum".

22

MITGIFT

Im Herbst meiner Tage
erkenne ich vage:

Die Mitgift meiner Ahnen
– ein kostbarer Schatz!

Ein schöner Satz.
Ein farbiges Bild.
Ein Tanz, gern wild.
Ein frohes Herz.

Hier ist mein Platz.

23

OH TANNENBAUM ANNO 1960

Es wird sein wie jedes Jahr. Mutter wird den Kartoffelsalat anrichten und Wiener auf den Tisch bringen. Wenn sie Exportbier vom Berliner Bürger Bräu bekommt, könnte es beim Fleischer - unter der Theke, versteht sich – dank des Tauschgeschäftes sogar Schweinefilet geben. Dank des Deputat-Biers klappt es meist. Nur beim Weihnachtsbaumkauf auf dem Markt, da hilft das Bier wenig. „Der trinkt kein Bier!", sagt Vater resigniert und meint: „Wo sind die echten Männer hin?" Also geht das Gezeter schon tagelang vor dem Heiligen Abend los. „Karl, denk rechtzeitig an einen schönen Baum! Lass dir was einfallen!", mahnt Mutter. „Cognac trinkt der auch nicht – und das Schweinefilet geben wir nicht her!", tönt Vater durchs Haus. „Hauptsache ein schöner Baum!" Mutters Wunsch ist ernst zu nehmen.

Jedoch erst am Tag der Tage geht Vater mit mir dick eingemummelt los – wenige Schritte zum Marktplatz. Im Haushalt wird ihm einmal im Jahr eine Aufgabe zuteil: diese! „Vati, guck Dir die Krücken an! Hätten wir ihn bloß eher geholt!", jammere ich bei der Ankunft auf dem Markt. „So ist der Baum doch schön frisch! Wirst sehen, mit viel Lametta und Kugeln wird er ein Schmuckstück!", versucht Vater, mich zu beruhigen. Ich aber sehe nur noch eine gute Handvoll Strünke. „Wir nehmen den!", entscheidet Vater ruckzuck. Der gute Rat des Verkäufers lautet: „Nehmen Se ma lieba noch eenen zweeten oder dritten. Wenn Se die jeschickt zusammenbinden oder Äste von den andern anbohren, wirds een ansehnlicher Boom!". Der gute Mann kennt Vaters linke Hände nicht, weiß ich. „Nö, wenn der geschmückt ist, trauen Sie ihren Augen nicht!", gibt sich Vati siegesgewiss.

Der Strunk wird an der Küche vorbei ins Wohnzimmer geschmuggelt. Er passt gut in die Ecke. „Dreh ihn mal noch ein bisschen. Dann macht er mehr her!". Das geht prima, es sind ja kaum Zweige im Weg. „So Kleene, nu hol mal das Lametta und die Kugeln!", raunzt Vati gemütlich. Mutter hat uns gehört und ruft: "Denkt dran, immer schön Faden für Faden beim Lametta! Oder soll ich helfen?" „Bleib du mal lieber beim Filet, Klara!", zwitschert Vater und steckt sich eine Zigarre an. Die Glocken der nahen Christophorus-Kirche läuten feierlich. Ich halte ein Gewirr silberfarbener zerknautschter Fäden aus den Vorjahren in den Händen, während Vater voller Enthusiasmus die Kugeln an den Strunk hängt. Er braucht nur neun. Dermaßen ermuntert lege ich die Lamettahaufen auf die Mangelware namens Zweige. Vater guckt zufrieden. Bratendurft erfüllt die Räume.

„Darf ich schmulen?!", Mutter betritt – mit den Händen an der Schürze – das Wohnzimmer. „Um Himmels willen Karl! Das ist ja wieder so eine hässliche Krücke!" „Wen interessiert schon der Baum, wenn Schweinefilet und Exportbier auf dem Gabentisch stehen?", beruhigt mein Vater. Er hat so recht, nach dem Festschmaus funkelt das Bäumchen wunderschön. Mutter freut sich: „Er ist wirklich ansehnlicher, als ich dachte und – ich habe kaum Arbeit mit dem Abschmücken! Fröhliche Weihnachten!" Mein Vater war ein weiser Mann!

24

HEILIG JEDER ABEND

Ein Kind ist geboren.
Soll retten die Welt.
Am Heiligen Abend.
Hat Gott so gewählt.

Ein Kind wird geboren.
Überall auf der Welt.
Tagein und tagaus.
vom Schicksal erwählt.

Nur der eine soll retten die Welt?
Er weiß, dass jede Seele zählt!

25

STIMMEN DER NACHT

Ein Schrei, Lust oder Weh?
Ein Ruf: „Bleib oder geh!"
Die Tür fällt ins Schloss.
Im Herzen ein Stoß.
Schritte im Haus.
Was für ein Aus!

Die Uhr tickt.
Ein Feuerzeug klickt.
Ein Kätzchen miaut.
Sonst nirgends ein Laut.
Schnee wirbelt nieder.
Bring ihn ihr wieder.

Auto übers Pflaster rollt.
Hat sie das gewollt?
Das Fenster schlägt zu.
Sie findet keine Ruh.

Eine Stimme raunt: "Ach,
werd bloß nicht schwach!"
Es ist die vom Nachbar,
der grad noch wach war.

Man könnt' sich ja trösten,
vielleicht auch was rösten
und sich was wünschen,
denn der Abend sei heilig
und er gar nicht eilig!

Sie trocknet die Tränen
und tut sich wähnen
im Paradies.
Fragt sich, ob sie
darf und kann?
„Aber ja!", raunt er.
„Ich bin doch –
der Weihnachtsmann!"

26

FRÜHER WAR MEHR LAMETTA

Früher war mehr Lametta
Früher war die Gans viel fetter
Früher küsste Anna Peter
Früher war der Baum zwei Meter

Früher war Verlass aufs Wetter
Früher warn die Mädchen netter
Früher warn die Winter weißer
Früher warn die Flirts viel heißer

Früher warn die Tage länger
Früher warn die Röcke enger
Früher ließ mans richtig krachen
Früher gabs noch was zu lachen

Früher gab es mehr Gefühl
Früher wusst man, was man will
Früher konnte man noch träumen
Früher gabs viel zu versäumen

Heute ist Weihnachten später
Heute würgt Anna Peter
Heute gibts statt Gans Gezeter
Heute kennt man kein Lametta

27

FEENALARM

„Also, meine hat gerade gekündigt! Ihre nicht? Na, is ja ein Ding. Sie sind doch so alt wie ich, wenn ich mich nicht täusche… Oh, sorry, ich wollte Ihnen nicht zu nahetreten. Die 70 Lenze winken allerorten. Das ist doch kein Grund sagen Sie? Fand ich auch. Aber, was hilft es?!"

Der Reihe nach: Nachdem ich neulich eine kleine Auseinandersetzung mit meiner guten Fee hatte, weil mich in diesem Jahr zweimal die Grippe schwer erwischte, ich einmal böse über den Fahrradlenker abgestiegen bin und mir nun auch das zweite Mal den Arm verbrüht habe, – hat sie einfach gekündigt. Das dürfe sie jetzt, meinte sie. Das hätten sie in der Feen-Gewerkschaftsgruppe beschlossen. Neue Zeiten halt!

Ich war entsetzt, denn sie hat mit meinem Alter und meiner Schusseligkeit argumentiert. All die Jahre meldet sie sich nie, gibt sich nicht zu erkennen, verrichtet ihre Arbeit überwiegend zufriedenstellend und jetzt, jetzt kommt sie mit: „Ich darf doch wohl auch mal kündigen und in Rente gehen! Du bist es doch schon lange!"

„Naja, aber gerade jetzt brauche ich dich, meinen Schutzengel, umso mehr!", konterte ich. Sie sofort: „Mag sein, aber ich habe auch meine Ruhe verdient! Hast doch selbst gemerkt, dass ich deine vielen Stunts nicht mehr in den Griff kriege! Ihr Menschenkinder werdet ja immer älter! Da machen unsere Kräfte nicht mehr mit! Ohne mich!"

Ich versuchte, sie umzustimmen: „Aber, ihr seid doch auf Lebenszeit für uns verantwortlich. So eine gute Fee, die hat man doch für immer und ewig!" „Eben nicht mehr, meine Gute", antwortete sie prompt und weiter: „In welchem Jahrhundert lebst du denn? Auf Lebenszeit war früher höchstens 50 oder vielleicht 60 Jahre. Da kam man noch mit. Aber heute, unter neunzig oder hundert wird man euch nicht mehr los! Da gibt es kaum noch Feen-Nachwuchs, kein Engel will zur guten Fee berufen werden!!"

„Aber, Du kannst mich doch nicht einfach so hängen lassen. Wie soll ich meine Höhenangst bewerkstelligen und die rasanten Fahrradtouren – jetzt mit E-Motor? Überall lauern mehr und mehr Gefahren! Die Ampeln schalten so schnell, dass man nicht einmal mehr mitkriegt, dass schon grün war. Ich steige laufend in die falsche Straßenbahn, weil ich die Nummern schlecht erkenne… Bleib bei mir!" Meine gute Fee zeigte sich knallhart: „Der Trend geht schon lange zur Zweit-Fee! Die sind aber super rar! Kümmere Dich, geh zum Feen-Job-Center!" „Das habt ihr auch?!", staunte ich.

„Na klar, was denkst du, wo ich umgeschult wurde – zur bösen Fee?!"

28

SEIFENBLASEN

Finger weg
von meinen Träumen!
Richte mich
ein in
meiner Seifenblase.

Finger weg von
meinen Träumen!
Alles light
im gelobten Land
voller Kugeln und Tand.

Finger weg von
meinen Träumen!
Freiheitliche Genüsse
voll klebriger
Schaumküsse.

Im freien Fall
gelandet
auf Deiner Haut.
Aufgewacht.

Gerettet?
Eine Stütze nur:
Deine Hand!

29

LAUF DES SCHICKSALS

Viertes Stockwerk. Sie ist bestimmt wieder da. Wo soll sie denn auch sonst sein?! Sie läuft gewiss wieder. Was soll sie denn auch sonst tun?

Da kommt sie. Sie läuft und läuft und läuft. Den Gang auf und ab. Hunderte Mal, ungezählt. Hin und her. Her und hin. Wir sitzen in einer Aufenthaltsnische am Gang. Ich halte liebevoll die faltige, blaugeäderte, winzige Hand meiner betagten Mutter. Es braucht nicht viele Worte. „Schön, dass Du wieder da bist, Kind!", freut sich die Mutter. Und sie genießt die Berührung, das stille Einvernehmen. Sie hatte gewartet auf mich. Wie immer, lange gewartet auf mich. Und ich hatte viel zu wenig Zeit für sie. Wie immer, viel zu wenig Zeit für die Mutter. Während dessen geht eine andere Heimbewohnerin nun das zigste Mal an uns vorbei. Der Blick unstet in die Ferne der Erinnerung gerichtet. Der Gang unsicher und doch irgendwie in Erwartung. Stets erwidere ich aufs Neue ihren freundlichen Gruß „Guten Tag!". Jetzt macht sie abermals eine kurze Pause. Sie bleibt bei uns stehen und flüstert „Wissen Sie junge Frau, meine Kinder holen mich gleich ab! Bin hier, weil sie Urlaub haben. Nur für zwei Wochen! Die sind um! Dann geht es gleich nach Hause!"

Nein, ich kann mich nicht für sie freuen. Nicht wie beim ersten Mal – vor zwei Jahren. Ich weiß, was sie vergessen hat: Es kommen keine Kinder. Sie hat niemanden mehr. Niemanden, der sie besucht. Niemanden, der auf sie wartet. Nicht mal einen, der zu wenig Zeit für sie hat! Und so wird es heute wie immer noch oft einen Gruß für mich mit einem „Guten Tag!" von ihr geben. Mit ihrem Schicksal kann sie schon lange nicht mehr Schritt halten.

„Du weißt ja – Alzheimer!" sagt meine Mutter mit ängstlichem Blick und resignierendem Unterton. „Komm, lass uns nun in mein Zimmer gehen. Ich kann mir das Elend nicht mehr ansehen. So viele hier sind betroffen. Wissen kaum noch, wer sie sind. Das ist so grauenvoll. Ich glaube, auch auf uns kommen noch schwere Tage zu! Warum löst sich das Schicksal wie ein Kind von unserer Hand und raubt dabei dem einen und anderen sogar sein Ich?"

30

CHINESISCHES HOROSKOP

Ich sag es in einem Satz: Der Tiger verjagt den Hahn und erlöst den Hund von seinen Ketten! Ihr versteht nicht ganz?

Die Mitwirkenden:

Der Hahn: das Jahr 2017
Der Hund: das Jahr 2018
Der Tiger: Die Autorin im Dezember

Es war einmal ein Tiger, der war in die Jahre gekommen. Also entschied er, seinem Alter angemessen weise zu werden. Er schloss – zumindest gedanklich – Frieden mit all den Tieren seiner Umgebung. Die Zähne machten ohnehin nicht mehr richtig mit, er wollte endlich in Harmonie leben. Stolz, mutig und stark war er, das hatten die anderen Tiere stets bewundert, vielleicht auch davon profitiert. Aber leider konnte man ihm nicht immer recht trauen, vor allem bei zu großem Hunger. So ging man denn selbst dem zahnlosen Tiger lieber ein wenig aus dem Weg. Der aber hatte Freunde dringend nötig, gute, zuverlässige. Im Gehöft gleich um die Ecke schien ihm ein rechter Kumpel fürs Alter zu leben. Mit dem Guten konnte er sich sogar eine Alters-WG vorstellen. Dieser Kumpel zeigte sich viel besonnener als er, der Tiger. Gleichwohl ebenso mutig und stark. Ja, der Hund war so ganz nach Tigers Geschmack – nein, nein, nicht im Sinne alter Fress-Gewohnheiten. Wie aber sollte er sich dem Hund nähern? Man hatte Angst vor ihm, dem Tiger, wenn man nur eine Tatze von ihm erspähte. Dabei hatte er sein ernstgemeintes Anliegen bereits als Modellprojekt bei der obersten Tierbehörde eingereicht. Von Arten-übergreifenden Wohngemeinschaften hatte man da natürlich noch nichts gehört. „Mein Gott, wieso sind Politiker und Beamte selbst im Tierreich soweit weg von der Basis…?!", sinnierte der Tiger, als er sich zum x-ten Male an den

Zaun, der das Gehöft schützte, heranpirschte. Indes, es war ihm zum Glück schon einmal gelungen, dem Hund von seinen Plänen grob zu berichten. Von weitem nur, zum Glück hörte der Kerl noch nicht so schlecht wie er selbst! Und: Der Wachhund schien aufgeschlossen, rüttelte jedoch resignierend an seinen Ketten und legte sich wieder traurig vor seine verlauste Hütte. Aber heute, heute sollte es endlich gelingen, seinem Freund in spe nahe genug zu kommen. Denn sein größter Feind rundum, der angeberische Gockelhahn war weit und breit nicht zu sichten, die Hennen auch nicht. „Diese selten dämlichen gackernden Erscheinungen, wenngleich schmackhaft sind sie schon… Nein, Alter, halt dich zurück!", dachte der Tiger, „du darfst dein Seniorenprojekt nicht gefährden, willst doch Geschichte schreiben als weiser Tiger!" Mit Samtpfötchen duckte er sich und wollte durch das Loch im Zaun kriechen. „Kickericki! Kickerickieieieieieieie!!!!!!!!!!", gockelte sein Erzfeind. Im Abenddämmer hatte Tiger ihn weder vermutet, noch gesehen. Die Augen tuns auch nicht mehr! Wie dringend braucht er eine verlässliche Stütze! Er braucht einen Freund, den Hundl! Wie er es auch fast ein Jahr lang angestellt hatte, er kam nicht an sein Ziel. Schuld war dieser arrogante Obergockel, dieser Blender – dabei dumm wie alle Schafherden zusammen, die er in seinem Leben gerissen hatte. Es klappte nicht, der Schreihals stand stets und ständig auf irgendwelchem Mist und verpfiff den Tiger. Er war am Verzweifeln und dabei, sich abermals zu trollen. Da bellte der Hund ihm laut zu: „Eh, Kumpel, gib nicht auf! Schau dort, der Weihnachtsstern am Himmel, da kommt die ganze gackernde Gesellschaft bestimmt bald in den Topf. Die Suppe löffeln wir gern aus! Organisier Du mir bloß noch einen passablen Böller! Dann sprengen wir Silvester die Hütte hier in die Luft und ich bin frei. Wir zwei werden ein tolles Gespann und 365 schöne gemeinsame Tage lang die Welt erobern!"
Yeh, dachte der Tiger, von wegen Alten-WG!

31

NEUJAHRSBOTSCHAFT

Ich weiß nicht, was sich das Schicksal dabei gedacht hat: Mit jedem ersten Tag eines verheißungsvollen neuen Jahres beschwor es stets aufs Neue den Bruch einer halbwegs funktionierenden Familie herauf. Okay, das wollte das Schicksal wahrscheinlich nicht. Im Gegenteil: Es hatte einen besonderen Menschen an einem besonderen Datum das Licht der Welt erblicken lassen: Unsere Mutter.

Für Mutter war ihr Geburtstag am 1.1. der normalste Tag der Welt. Ganz klar, da wird gefeiert – mit allem, was dazu gehört. Sie war die gütigste Person unter der Sonne. Aber in diesem Punkt kannte sie keine Gnade! Doch so sehr wir sie liebten, wir konnten ihrem Anspruch an diesen, ihren besonderen Tag nie entsprechen – trotz bester Absichten!

Vater versprach hoch und heilig. „Klara, ich komme nicht so spät vom Dienst! Ich leiere mich da schon raus – aus der obligatorischen Silvesterrunde! Dann machen wir auf ganz gemütlich, gehen gleich nach Mitternacht ins Bett und sind zu deinem Geburtstag taufrisch wie Babys!" Mutter lächelte verständnisvoll und putzte Silvester das Haus, schnippelte den Heringssalat, setzten den Braten an, rührte die Zitronencreme und schob den Kuchen in die Röhre. Um Punkt Mitternacht legte sie sich allein ins Bett. Geweckt wurde sie des nachts, als Vater über den Läufer stolperte. Mit dem Gewisper: „Psst! Ich bins, mein Hase!", wankte er ins Bett. Er wäre natürlich schon längst da gewesen, säuselte er noch kaum hörbar, aber immer wieder sei die S-Bahn einfach nach Erkner durchgefahren – kein Halt in Friedrichshagen! So eine Sauerei! Typisch Bahn! Friedlich schlummerte er ein – ohne Geburtstagsküsschen. Sein Schnarchen half Mutter an ihrem Geburtstag noch früher als gewohnt aus dem Bett.

Die Kinder hatten sich – wie dringend gewünscht – zum Mittag angesagt. Mutter musste bis dahin Langeweile nicht fürchten, ebenso wenig wie Störungen von Vater. Auf ihre Tochter freute sie sich besonders. Die hatte Stein und Bein geschworen, sie höre nun endlich mit dem Rauchen auf: Ein Geburtstagsgeschenk für Mutter. Um das in die Tat umzusetzen, brauche sie einen ganz klaren Kopf, hatte Irene beteuert. Also dieses Mal sei alles klar für Mutters Geburtstagsfeier. Zu Hause würde ja nahezu abstinent ins neue Jahr hinein ferngesehen. Es war 14.00 Uhr – Mutter hatte indes den Braten mehrfach aufgewärmt und ebenso oft an Vater gerüttelt, er solle jetzt endlich in die Puschen kommen.

Der Herr des Hauses schlurfte ins Wohnzimmer und sah seine Tochter nebst Mann und Sohn auf der Couch hängen. Sie seien völlig kaputt vom Neujahrs-Spaziergang durch den Wald von Köpenick nach Friedrichshagen, hörte er die Entschuldigung der Kinder. Nach Vaters strafendem Blick stand Irene auf und ging auf den Balkon. Da half nur eine Zigarette – eine letzte..., Vater war schuld!

Nun musste sich ihr Mann Siegbert kurz lang machen. Er habe unendliches Kopfweh, komme aber gleich wieder hoch. Das Geburtstagskind rannte nach einer neuen Wärmeplatte für den Braten und einer Aspirin für den Schwiegersohn. Enkel Torsten wusste indes zu berichten, Vaters Unwohlsein rühre wohl vom Schlaf in der Badewanne her. Bis ins Bett habe Siegbert es nicht geschafft. Vorher habe er mit seinem Freund Gerd eine flotte Sohle auf den Teppich gelegt und beide seien nach einer besonders furiosen Drehung im Kartoffelsalat gelandet. Unterdessen habe Irene mit Freundin Ina ganz viel Sekt darauf trinken müssen, dass sie aufgehört habe, zu rauchen. Enkel Torsten hatte die Reste aus den Gläsern nicht umkommen lassen wollen. Unisono ließen alle das Geburtstagskind wissen: „Mama, irgendwie dreht sich uns der Magen um, beim Anblick von so viel gutem Essen!"

Meine militant nichtrauchende und Alkohol verabscheuende Mutter nahm sich eine Zigarette von Irene und eine Flasche Sekt. Dann verschwand sie im Schlafzimmer.

Wir hörten noch ihre Neujahrsbotschaft: „Ab jetzt beginnt für mich jedes neue Jahr mit dem 2. Januar!" Dann hörten wir den Korken knallen!

2.

Januar

WINDMÜHLEN

Vergebliche Müh ums Gerechte
Vergebliche Gefechte

Gegen Bürokraten und Despoten
Gegen Ignoranten und Idioten
Gegen Rauchen und Trinken
Gegen Protzen und Stinken
Gegen Armut und Hochmut
Gegen Dummheit und Eitelkeit
Gegen Verschwendung und Verblendung
Gegen Lüge und Mini-Bezüge
Gegen Extrem-Mieten und Exit-Briten
Gegen Antibiotika und Schwiegermama
Gegen schmutzige Socken und lockende Locken
Gegen lärmende PKW und Rutschen bei Schnee
Gegen Rot, Grün, Gelb oder Schwarz
Gegen Sommerspross und Warz
Gegen Säufer und Penner
Gegen arrogante Weihnachtsmänner

Immer wieder Niederlagen
Immer wieder alter Trott

Fühle mich wie Don Quijote!

INHALTSVERZEICHNIS

DAGMAR NEIDIGK

1950 in Dessau geboren und in Berlin-Friedrichshagen aufgewachsen, bleibt sie Zeit ihres Lebens mit Friedrichshagen
fest verwurzelt. Sie studierte in Leipzig Wirtschaftswissen-
schaften und Journalistik. Die Diplom-Journalistin arbeitete
viele Jahre als Leiterin von Pressestellen und Marketingabtei-
lungen sowie als Pressesprecherin großer Berliner Unterneh-
men. Sie ist Mitglied im Deutschen Presse Verband – Verband
für Journalisten e.V. Auch nach Eintritt in den Ruhestand
schreibt sie weiter als freie Journalistin und Autorin für Berliner und Brandenburger Blätter. Sie ist Gründungsmitglied
des Vereins der »Poeten vom Müggelsee« und für dessen
Presse- und Öffentlichkeitsarbeit aktiv – von Anthologien bis
zu Kunstkalendern. Ihre eigenen Gedichte und Kurzprosa
sind in zahlreichen Anthologien und anderen Publikationen
zu finden. Zu ihren Hobbys zählt sie zudem das Malen und
den Holzschnitt. Insbesondere ihre grafischen Arbeiten zeigte
sie in verschiedenen Ausstellungen in Berlin.